비로소 내게 닿아 흐르길

비로소 내게 닿아 흐르길

2020년 1월 11일 초판 1쇄 발행
2020년 1월 11일 초판 1쇄 인쇄

지은이 |함채윤, 김사라

인쇄 |예인미술

펴낸이 |이장우
펴낸곳 |꿈공장 플러스
출판등록 |제 406-2017-000160호
주소 |경기도 파주시 탄현면 헤이리 예술마을
전화 |010-4679-2734
팩스 |031-624-4527
이메일 |ceo@dreambooks.kr
홈페이지 |www.dreambooks.kr
인스타그램 |@dreambooks.ceo

ISBN |979-11-89129-50-7

정 가 |12,000원

비로소 내게 닿아 흐르길

\<아름다운 한 송이의 꽃이 되는 방법\>

함채윤

\<Love Myself (나에게 쓰는 편지)\>
김사라

아름다운 한 송이의 꽃이 되는 방법

함채윤

사랑하는 사람들에게 진심을 전하는 일이
생각보다 참 어려운 것 같습니다.
진심을 솔직하게 말로 다 표현하기에는
아직 세상에 없는 단어가 너무 많고요.
그래서 원래 있는 단어를 살짝 빌려
그 속에 저의 작은 진심을 닦은 글들을 적어
누군가의 사랑일 당신에게 전하고자 합니다.
노력하지 않아도 그 자체만으로 이미 꽃인
내 사랑들이 그들의 삶에서
스스로를 좀 더 사랑해주기를 바라며,
글 하나하나에 마음을 실어 보내봅니다.
다른 사람을 향한 사랑 노래도 좋지만, 가끔은
스스로에게 사랑 한 곡 불러주는 것은 어떤가요.

별과 달이 아름다운 이유

사람들은 참
사랑을 부끄러워하지

그냥 사랑하면 될 것을
그게 생각보다 어렵다더라

그래서 그들은
그 부끄러운 마음을
별과 달에 담기 시작했어

별이 반짝이길래 네 생각이 나고
달이 참 고와서 너와 함께 있고 싶다고

그리고 그걸 보는
네가 참 아름답다고

이렇게 사람들이 자꾸만
사랑하는 마음을 담으니까

매일 밤 저렇게 환하게
웃을 수 있는 거래

행복의 기준

행복의 기준이 사람마다
다르다고 한들 그게
무엇이 중요하겠어요

당신이 꽃을 볼 때
행복하다 목소리를 낸다면
난 당신의 꽃이 될 것이어요

당신이 달콤한 꿈을 꿀 때
행복한 미소를 보여준다면
나 기꺼이 나의 무릎을
그대의 단잠을 위해
내어줄 것이어요

행복의 기준이 사람마다
다르다고 한들 그게
무엇이 중요하겠어요

나의 행복은
그대가 기준인 것을

잠 못 이루는 밤

쓸쓸한 세상이
풀벌레 소리로 채워진다

꽃잎이 메마르고
웅크린 사람들의 마음은
추위를 준비하는데

풀벌레 소리는 자꾸만
세상을 가득 채우려 한다

홀로 누워있는 방에서
네 생각을 했다

풀벌레 소리마냥
너가 방안에 가득 찼다

틈새로 들어오는
쌀쌀한 바람 때문에
이불을 머리끝까지 덮고 있는데

너는 자꾸만 떠올라
잠 못 이루게 한다

풀벌레 소리도 너도
그냥 잠들기에는
너무 아름다워서

오늘 밤은 아무래도
잠 못 이루는 밤이 될 것 같다

진심

'우주만큼' 사랑하고
'눈꽃보다' 아름답고
'마음처럼' 소중하고

이런 말 말고,
그냥 꾸밈없이 말해도
나도 모르겠는 이 마음이
전해졌으면 해요

이런 게 바로 진심일까요

내 말에는 항상 화려한 단어가
따라오는데

이것만 알아줘요

그 어떤 단어보다
내가 당신을 많이 사랑한다는 걸

생각보다 밤은 외롭지 않아

불이 다 꺼지고, 뿌연 달빛만이
길을 비추어줄 때

쓸쓸한 빈 공간에 따스한 위로는커녕
차가운 바람만이 자리를 메꿀 때

밤이 너무 외롭고
그게 너를 눈물짓게 한다면
눈을 감고 노래를 부르자

내가 너를 위로할 손만큼은
입김 호호 불어가며
따뜻하게 데워놓을 테니

내가 너에게 위로가 된다면
내가 너의 밤이 되어줄 테니

당신의 밤도 더 이상
생각보다 외롭지 않기를

너는 모순이야

영원하지 않은 삶이라
눈부시게 반짝이고

영원하지 못한 추억이라
무엇보다 소중한 거잖아

그런 것들이 원래 더
아름다운 법이지

그런데 참 이상해

너는 영원하더라도
영원히 아름다울 것 같단 말이야

상처

언제 생겼는지도 모르는
가슴 아린 상처가
흉터로 남아 있다가
이따금 너의 가슴을
다시 아프게 할지도 모른다

그럴 때마다 나는
상처받을 수 없도록
가슴에 큰 날개를 달아
통째로 훨훨 날려버리고 싶다고
생각해보곤 한다

그럼 사랑을 간직할 수도
기억할 일도 없게 되겠지

그냥 울고 말자
자세히 보면 겉만 긁혔지
속은 사람으로 가득 차 있을 거야

별

별이 보고 싶어
하늘을 보았는데

하늘도 까맣고
하늘을 담은 내 눈동자도 까맣다

어느 길 위에 서 있던
빛나는 사람이 되고 싶었는데

하늘이 빛나주지 않는다면
나는 내 스스로
별이 되어야겠다

내가 별이 되어
나를 담은 너의 눈동자가
까맣기만 한 하늘이 아니었으면 좋겠다

너

분명 기분이 안 좋았는데
너만 보면 웃음이 나길래
뭔가 이상하다 싶었어

그래서 내가 생각해봤는데

아무래도 너가 좋아
암울해도 너는 좋아

너에게로 가는 별걸음

너를 만나러 가는 나는
반짝 반짝 빛이 나서

신난 발걸음에 찍힌 발자국이
별 모양으로 춤을 추지

너에게로 가는 발걸음에
별로 수를 놓다 보니

은하수가 되었네

까만 밤

별이 좋다는 너는
참 밝은 별이었다

별이 되어 이리로
곤두박질 쳤다

별에도 향기가 있음을
나는 처음 알았다

네가 없는 하늘은
너무나도 까만 밤이 되었다

네가 없는 까만 밤은
향기 없는 삭막한 악몽이 되었다

내가 밤이 무서워 잠 못 이룬다면
너는 나의 손을 잡아 줄 것이다

까만 밤이 너무 외로운 날마다
너는 나의 별이 되어 줄 것이다

별이 좋다는 너는 사실
가장 따스한 별이었다.

농부

빈 흰색 바탕이 유독
크게 느껴지는 하루들이 있다

슬프고 행복한 또는 복잡한
그런 감정들이 고픈 하루들이 있다

그런 하루들을 색칠해줄 사람이
당신이었으면 한다

당신이 나의 하루들에 꽃 심고 물주는
농부가 되어주었으면 한다

훗날의 사랑

'그대의 눈짓이 손짓이
불꽃처럼 활짝 피어올라
나에게 입을 맞춰주었다

건널목 반대편에서
나에게 달려오는 그대의 걸음이
변함없이 아름다우리라
나는 확신하였다'

훗날 내가 사랑을 알게 된다면
내가 사랑할 그대의 눈에
나는 이런 사랑이면 좋겠다

죽음에 관하여

예쁜 추억이 되길 바라는
어제와 오늘 내일의 하루하루가
흙으로 덮여 죽음으로 스며들지라도
그것을 거름 삼아 호흡하는 꽃들을 보라

죽음이 있기에 삶이 있고,
삶이 죽음이 되어 다시 삶이 되면
그 예쁘길 바랐던 추억이
향기가 되어 다시 돌아올 것이다

다시 돌아올 그때 말해 주어야겠다
당신, 참 아름다운 추억이었다고

침묵

그대와 나 사이에 흐르는 이 침묵이
우리만의 사랑을 의미한다는 것이
반복되는 시간 속 지친 일상에
단비 같은 속삭임을 의미한다는 것이
그것이 변치 않았으면 한다

침묵 사이로 간드러운 웃음소리가 들리고
조심스러운 서로의 손끝에 부끄러워하는
이 모든 순간들이 내게 선물로 다가왔듯
당신에게도 선물로 다가갔으면 한다

그대와 나 사이에 흐르는 이 침묵이
언제까지나 그대와 나 모두에게
기분 좋은 봄바람의 설렘이기를 바란다

너의 존재

그 누구든 너를 부정한다면
그는 너의 인생의 시나리오에
초대받지 않은 불청객일 뿐이다

너의 존재는
세상에 꽃을 피우고
간드러운 웃음으로 누군가를
가-득 채운다

너의 존재는
누군가에게 시리도록 행복한
추억들을 주고
너와 함께 미래를 기약한 내가
존재하도록 한다

네가 죽고 싶은 생각이 들어
내게 기대어 잠시 슬픈 잠을 잘 때
내가 너의 존재에 조금이나마
위로가 되기를 소망해본다

편지

고이 적어놓을게요
행복도,
미움도,
추억도,
아픔도

혹시 몰라. 그리움에 묻혀
사라져버릴 수도 있잖아,
그래서 연필 말고
절대 지워지지 않도록
밤하늘 같은 까만 잉크로
편지지에 꾹꾹 눌러 새겨놓았어요

편지가 너무 오래되어
잉크가 번져버려도 울지 말아요
번져버린 잉크가 그린 그림을 봐요
우리 함께 뛰놀고 있잖아요

에델바이스

당신 꼭 닮은
이 꽃이 시들해질 때쯤
우리의 시간도 끝이 날까
덜컥 겁이 나
보드라운 흙 속에
뿌리를 박아버렸어
시들지 못하도록
다시 피어나도록

나와 함께 알프스로
여행해 줄래요
이 꽃의 꽃말처럼 영원히

당신은 나의 에델바이스
이제 행복하게만 해줄게요

솜털

가슴에서부터 꼼작거리는
이 따스운 시간들이
동그랗게 피어올라

나는 몰랐지만
나중이 되면 꺼내보며 미소 지을
이 간지러운 시간들

눈 아래 볼록 나온 광대가
나와 너와 우리들의 입가가
쉼 없이 간질이고 간지럽히는 매일

보드랍고 보고 싶을
이 시간들이 솜털이 되어
가슴속을 간질간질

역사

이 소중한 추억들이
먼 훗날 위대한 역사가 되어
날 미소 짓게 하겠지
이 세상 모든 것의 역사와 같이
허무한 결과만 낳는 전쟁도 치르고
그 속에서 다시 사랑을 찾아가면서
수많은 굴곡을 지나 더 이상 바뀔 것 없는
평화로운 나이가 되면
내 아이들에게 이 한 편의 위대한 역사를 들려줘야지
마치 우리 엄마가 나 어릴 적
자기 전마다 들려준 행복한 결말의 동화처럼

하루가 되어

하루가 되고 싶다
하루가 되어 당신의 삶을 살아보고 싶다

해가 되어 피로에 축 처진
당신의 어깨를 일으켜 주고

시간이 되어 당신의 바쁜 발걸음에
가벼운 여유를 주고

휴식이 되어 당신의 복잡한 마음에
풀잎 냄새를 선물하고 싶다

그러고 나서 달빛이 되어
당신의 품속에서 함께 잠들고 싶다

하루의 마지막에서 당신과 함께
기분 좋은 꿈을 꾸고 싶다

수채화

흰 도화지에 스며들어
시간이 지나
색이 바랜 수채화처럼

강렬하기만 한 우리의 시간들도
흰 추억 도화지 속에 스며들어
시간이 지나면
잔잔한 추억으로 남게 되겠지

비가 내리면

눈을 슬쩍 감으면 어둠이 내리고
그 위를 지그시 누르면 어둠 위로
조금은 어지러운 별빛이 내리지

그대로 이불 속에 몸을 숨기고
창밖에 추적추적 내리는 빗소리에
귀를 기울여보자

어지러운 불빛들 속에서 들리는
차분한 빗소리를 가로질러
나를 반기는 목소리들이 있어

비가 내리면 나는 눈을 감을 테니
은하수 어디선가 빛나는 너의 목소리로
오늘 밤 나의 자장가를 불러주렴

단잠

보름달 떠오르던 어느 밤
한울 바라보며
하늘을 이불 삼아
배 깔고 눕고서
너랑 나 사이에 놓아둔
노오란 사과 한 조각씩 손에 쥐고는
감기 걸린다는 엄마 말은
듣지도 않은 채
히히덕 거리다가
별들이 부끄러운 듯
사람들 눈 피해
세수하러 하나 둘 나올 때 쯤
별들이 다 씻을 때까지
기다려주는 척
잠이 들었다

사시나무

개구진 건들바람은
사랑을 안다

그래서
손주 넘어질까
손 꼭 잡은 할머니 손등 위로
사랑을 듬뿍 떠안고 온다

아주 여린 솔솔바람도
사랑을 안다

그래서
아이에게 입 맞추던
엄마의 머리칼을 가로질러
사랑을 듬뿍 떠안고 온다

사시나무는 어쩌면
바람이 실어다 준 사랑이
한없이 벅차서 떠는 것일지도 모른다

야경불빛

별들이 이제
하늘 높은 곳은
지겨워지셨는지

밤만 되면
이리로 내려와
이곳저곳
눈부신 수를 놓고는

다시 아침이 되면
햇살 사이로
잠시 몸을 숨기곤 한다

위로

너의 어깨가 유독
움츠러들어 있을 때면
눈망울들이 손끝에 내려앉아
꼬옥 안아주고는
말없이 스며들 듯이
나도 너를 꼬옥 안아주고는
말없이 스며들고파

아름다운 한 송이의 꽃이 되는 방법

앙상히 마른
겨울 나뭇가지에
솜털 같은 흰 눈이
보슬보슬 쌓이고

옹기종기 모여있던
조그만 풀꽃들이
흰 눈 속에서
새근새근 자고 있을 때

너의 양 볼에 핀
봄꽃 같은 옷을 입고
어느새 흰 눈과 손 맞잡은
겨울나무들 사이에서
사진을 남긴다

애쓰지 마요

왜 그리 웃으면서
아픈 말을 하시나요

웃으려고 애쓰지 않아도
당신은 아름다워서
잠시 울고 가도 괜찮아요

밤이 무서운 건
당신이 아니라
우리의 잘못인 걸요

저 먼 곳의 반딧불도
밤이 오죽 무섭냐며
찌르르 거리는데

하물며 당신은
어깨 위로 떨어지는
낙엽 하나에도
소스라치게 놀라는데

밤이 무서울 땐 참지 말고
내 뒤에 잠시 숨어
목 놓아 울고 가셔요

나의 결론

그래 사람이 완벽할 순 없지
그런 사람이 어디에 있겠어

그런데 너는 실수도 너무
완벽하단 말이야

발 헛디뎌 휘청이는 것도
나는 네가 무대 위의
무용수인 줄 알았어

신나게 말하다가 혀가 꼬여
어버버거리는 그 모습도
나는 너가 마법의 주문을
외우는 줄 알았지

그래 사람이 완벽할 순 없지
그래서 내가 고민해봤는데

넌 사람이 아니라는 결론이 나왔어
그렇지 않고서야 설명이 안되거든

못된 마음

나도 네가 우는 게 싫어
항상 웃게 해주고 싶은데

내가 좀 못된 건가

가끔은 네가 조금 슬퍼져서
내 어깨에 기대는 것도
나쁘지 않다는 생각을 했어

위로라는 명목으로
너를 좀 더 안고 있고 싶어서

때로는 넘치도록

뭐든 적당히가 좋다는 말 틈에서
나도 어쩌다 보니 적당히 적당히
이렇게 사는 게 좋구나 싶었는데

널 그리는 내 마음이,
날 보는 네 시선이
선을 넘어버렸어

때로는 넘치도록 사랑하자
갈라진 모래성을 밀어버리고
밀려오는 밀물처럼

때로는 넘치도록 행복하자
널 바라보는 내가 더 행복하도록
내 가슴에 북을 울려줘

나비에게

나비야 나비야 이리 날아와
내게 꽃을 피워 주거라

바람 좀 차갑다고
아리랑 고갯길 뒤에
숨어만 있지 말고

내 눈 감아도
널 그릴 수 있도록
날갯짓을 펼쳐 주거라

내가 너의 봄이 될 터이니
무서워 말고 이리 날아오너라

일기예보

하늘이 화창한지
햇살은 따스한지
그건 중요하지 않아

네 마음이 울적하고 아프면
내가 언제든 예쁜 우산 들고 달려갈게

먹구름이 잔뜩 몰리는지
천둥번개가 치는지
그런 건 중요하지 않아

네가 해바라기같이 활짝 웃으면
그날이 소풍 가기 참 좋은 날씨일 거야

생일 케이크

너의 생일 케이크에
촛불을 켜고
소원을 부는 순간

너의 입김이 닿아
모락 피어나는 연기에

너의 가지런히 모은
두 손 사이의 간절함에

내가 있기를

네 소원이 하늘로 올라가는 순간
내 소원도 몰래 같이 실어 보냈어

너의 삶이 내게 축복이듯이
너에게도 내가 축복이기를 바란나고

고백

꾸며진 말이 아니라
나의 솔직한 마음으로
손이 가는 그대로
고백을 해보자면

나는 참 지금이 좋아요

떠나고 싶다고
벗어나고 싶다고
가슴을 쳐보기도 하고
깊은 숨을 뱉기도 했지만

사실, 한 줄 한 줄 나의 동화를
함께 써 내려와준
당신들이 참 고마워요

말로 하기에는
턱없이 벅찬 사랑이라
이렇게 고백을 써봅니다

청춘

나는 참 이 시간이 아까워
그냥 흘러가버리는 1분 1초,
이 느낌이, 함께했던 추억들이
이 모든 것들이 사라질까 봐
나는 그게 참 두려워

이미 다 커버렸지만 어른이라기에는
아직 너무 어린 이 시간이,
참 아름답고 그리울 이 기억들이
이게 참 가슴속에서 떨어질 생각을 안 하네

아프니까 청춘이라더니
너는 참 아픈 내 청춘이었어

꽃봉오리

있지, 나 하고 싶은 말이 있어
하늘빛이 너무 예쁘고 옅은 들꽃 향기가
참 잘 어울리는 오후잖아
그래서 더 이상 숨길 수 없을 것 같아

너도 알잖아 나 그동안 참 수고했잖아
있지, 나 들꽃 향기 속에 섞여
이제 그만 날아올라야겠어
지친 하루가 끝나가는 붉은 하늘 속으로

구름 위에서 자전거 타는 상상을 하는
어린아이가 꿈꾸던 그런 빛나는 어른으로
나는 그렇게 피어올라야겠어

너도 알잖아 내가 별을 얼마나 좋아하는지
지친 하룻밤마다 보이지 않는 별을 보며
내가 저곳의 별이 되리라 꿈을 꾸었지

오늘따라 유독 어두운 밤하늘에 밤 걸음에
적막한 자동차 소리는 무섭고,
불 꺼진 가게 유리창에 비친 가로등은 깜박거려서
그래서 더 이상 참을 수 없을 것 같아

있지, 나 이제 그만 빛나야겠어
저물어버린 하루를 내가 빛내야겠어
내가 어둠만 가득한 저 하늘의 향기가 되어야겠어

은방울꽃

내가 너한테 언제 이렇게
울면서 말한 적 있었니

무너지지 말아
쉽게 부탁하는 거 아니야

힘들다면 내 손 붙잡고
한없이 토해내도 좋아

그저 무너지지 말아

다시 햇살이 따사롭다 느껴지면
같이 맛있는 거 먹으러 가자

네 눈 가린 눈물이 마를 때쯤
은방울꽃이 예쁘게 피어있을 거야

너는 틀림없이 다시 행복해질 테니

완벽한 바다

저 멀리 늦어서 미안하다며
네가 아메리카노 두 잔 들고
총총 뛰어오고 있었어

아메리카노가 어찌나 출렁이던지
바다를 갈 필요가 없어졌지
파도가 여기 있으니 말이야

내가 상상하던 완벽한 바닷가가
바로 너에게 있었구나

햇살 좋고, 네가 있고
커피 향도 참 조화로워

아메리카노에도, 내 마음에도 파도가 일렁이는
내가 본 바다 중 가장 아름다운 바다야

이른 아침

해가 지고 어둠이 뜨는 것 같은 이른 아침이
달을 삼키고 해를 숨긴다

저기 먼 산 뒤에서
주홍빛 향수 냄새를 뿜는 해가 그리워
눈을 잠시 감고 생각해 보면

어느새 반대쪽 산으로
뉘엿뉘엿 지고 있다

그리운 해를 쫓아 달이 뜬다

파란 눈물

걱정이 생기면
가슴 깊은 곳부터 뿜어져 올라와
왈칵하고 쏟아지는 파아란 눈물에
걱정을 꾹꾹 눌러 담아, 그리고 잠시 기다려

비가 오는 날
파랬던 하늘을 담을 빗방울들 사이로
너의 파란 눈물을 떨어뜨려
마치 평범한 빗방울들처럼 보이도록

눈물은 빗줄기를 따라
강으로 바다로 흘러들어가겠지

봐봐! 이제 눈물은 찾을 수 없어
그저 기분 좋은 빗방울들이 춤추고 있을 뿐
이제 너의 파란 눈물도 저 사이에서 춤추고 있을 거야

겨울 눈

겨울이 되면
내리 앉은 이 앙금들이
눈이 되어 펑펑 내려오겠지

맑은 하늘에서
불꽃놀이라도 하는 것처럼
흰 눈이 되어 펑펑 내려오겠지

눈이 소복이 쌓이고
바삐 길 가는 사람들이
눈 속을 폭폭 밟고 지나가면

꽁꽁 뭉쳐져 있던
답답한 눈송이들이 드디어
시원하게 눈물을 터트릴 것이다

햇빛이 따뜻해지면
그 자리를 지키다 결국
땅속으로 흔적 없이 사라질 것이다

다시 겨울이 되면
또 다른 앙금이 눈이 되어
펑펑 내리고 소복이 쌓일지도 모르지만

난 걱정 하지 않는다
햇빛 또한 다시
따뜻해질 테니까

폭포수

야속한 시간은
산골짜기 흐르는
폭포수마냥
흐르고 흘러만 가는데

따라잡기엔
이미 너무 멀어져 버린
물줄기들을 바라만 보다가

미련하게도
그날의 추억을 잊지 못한 채
마음은 고이 놓아두고
그저 몸만 두둥실
떠나보내렵니다

소식

떨어지는 나뭇잎에
스치는 바람결이
너를 지나쳐 온 항설일까
고개 한 번 기웃거렸다

어찌 그대는 그 흔한
잘 지낸다는 소식 하나 없이
애꿎은 나뭇잎 바람에 바스락거리는
소리만 꾸짖게 만들까

아직도 끓는 물에 된장 한 주먹
휘휘 풀어 넣고는 된장찌개라며
자신만만하게 한 숟가락 건네주던
쪼그라든 그대 모습이 이렇게 선명한데

어찌 그대는 별에 이는 바람에
편지 한 통 실어 보내지 아니하고
애꿎은 편지함 바람에 달그락거리는
소리만 원망하게 만들까

시를 읽는 방법

시를 잘 모른다는 당신에게
제 시를 읽는 방법에 대해 알려줄게요

나는 항상 그대를 위한 시만큼은
'사랑'이라고 쓸 것이에요

당신의 기분이 좋은 날 본다면
'행복'으로 보일 것이고

당신의 마음이 울적한 날 읽는다면
'위로'라고 읽을 수 있겠죠

당신이 언젠가 제 시를 보며
'사랑'이라고 낭독한다면

나 그대 품속으로 성큼 들어가
이 추운 밤, 당신의 봄이 되어보렵니다.

넋

봄바람이 불어
꽃내음을 싣고
향긋한 너의 소리가
나의 귓가를 마음을
살랑 간질이고

나는 너의 넋이 되었어
봄이 올 때마다 나는
너의 마음에 꽃을 피울 거야

나는 넋을 놓고 우리의 시간 속에
몸을 맡겨야겠어

봄이 가도 우리는
서로의 어깨에 넋을 잃고
기대어 잠시 잠을 자겠지

햇살이 떠오르고 지는 순간까지
우리는 서로의 넋이 되겠지

봄바람이 불고 꽃나무가 흔들리면
우리의 넋은 서로의 봄이 되겠지

기차여행

낡은 종착역을 찍고 다시 돌아오는
몸을 싣고 바스락거리는 낙엽거리를
거니는 꿈을 꾸다 보면

기차가 멈출 때쯤 나는 다시
그때 그 시절로 돌아갈 수 있을까요

달리는 순간에만 온몸을 감싸 안는 바람은
나까지 싣고 가기엔 이미 싣고 가는
꽃잎들이 너무 많은데

창밖을 두드리는 풀벌레와 흙먼지 소리가
자꾸만 그리운 꿈을 꾸게 하는 것 같아
그냥 귀를 막고 있을까요

나는 이기적인 사람이라 이 기차가 나를
그때로 데려가 주지 않는다면

그냥 그 행복한 종착역에 머물러
다시 돌아오지 않았으면 해요

나는 그곳에 머물러 마음에 드는 책 구절 사이에
갈피를 끼우고 환상 속에 살고 싶어요

태엽

기억하고픈 시간들이 흘러가는 동안
그 기억들을 예쁘게 정리하기에는
하루의 시간이 너무 바삐 지나가는
당신에게 태엽시계를 선물하렵니다

아직 기억하고 싶은 시간이 떠나버린다면
나는 후회 대신 조용히 태엽을 감을 거예요

당신은 내가 다시 돌아왔을 때 외롭지 않게
엇갈리는 시간 속 내 손을 잡고 멀리,
멀리 여행을 떠나 주어요

언젠가 받은 꽃다발이 먼지 속 빛이 바래더라도
놓지 않을 테니 당신은 내 손을 놓지 말고 멀리,
멀리 여행을 떠나주어요

잔상

허상일지 모른다고 생각했지만
그 자리에 분명히 빛나던 당신
지금이라도 믿어도 될까요

내가 너무 늦은 건 아니겠지요
아직 밖에 시린 바람이 많이 불던데,
이미 바람에 사라져버렸으면 어쩌죠

잠결에 흔들리는 하루의 기억들 사이로
매일 밤 당신이 보이는 것만 같은데

이 잔상마저 사려져간다면,
그럼 나는 눈을 감고 잠에 들어
꿈속에서라도 당신을 기억하겠어요

모험

나는 모험을 떠나야겠소
방랑자가 득실거리는 모험을
나는 시작하려 하오

은하가 흐르는 벅찬 밤하늘보다도
아찔한 폭포에 깎이고 꺾인 절벽보다도
무섭도록 고요하고 어두운 동굴보다도
우주보다 비밀스러운 깊은 바다보다도

그 무엇보다도 가슴 떨리는 모험을
나는 시작하려고 하오

잠시 방랑자가 되어도 좋소
그 아름다운 경치에 잠시 기대어
당신과 함께 별을 세어보고 싶소

모험의 끝에 무엇이 있을지는 몰라도
나는 당신에게로 가는 모험을 떠나리라
그리 다짐했소

가을이라서

하늘도 예쁘고
하이얀 구름도 예쁘고

기분 좋은 바람과
따라 흔들리는 풀꽃과
적당한 따스함

가을은 참 행복하다

단풍이 수줍은 가을이라서
너와 함께할 가을이라서

속삭임

매일 밤 무서운 꿈을 꾼다는
겁 많은 너의 귓가에

은하수를
속삭인다

은하수를 헤엄치는
수많은 별들을
기억할 수 있도록

그 별들이 너의 밤을
환하게 밝혀주도록

이기적인 시

세상에 참 사람이 많고
세상에 참 시들이 많다

길만 걸어도 수많은 사람들이
사랑스런 목소리로 시를 읊조린다

사람도 많고
사랑도 많고
시들도 많고

그 사이에서 내가 건네는 시가
네게 닿기에 조금 초라할지도
그럴지도 모르겠다는 생각을 했다

그래서 가끔은 사랑이 가득한 세상이
아니었으면 좋겠다는 생각을 한다

내가 쓰는 시만이
이 세상의 사랑이고
네 마음의 온기이고
우리의 기억이 된다면

참 좋을지도 모르겠다는
조금 이기적인 마음으로
시를 쓸 때가 있다.

Love Myself (나에게 쓰는 편지)

김사라

삶의 성숙의 기간을 지나면서 느꼈던
쓸쓸함, 씁쓸함, 기쁨, 환희를
소소히 글로 적은 것들이 쌓여
책을 출간하기에 이르렀습니다.
자신이 무너지지 않아야
이 세상도 존재하는 의미가 있습니다.
소중한 당신께 말이 힘이 되고 에너지가 되어
다시 일어날 용기가 되기를 바랍니다.

한 줄의 시가 세상을 따뜻하게 하듯이
이 한 권의 책으로 당신의 세상을 위로하고 싶습니다.

사랑하는 자

내가 너를 사랑하는 자로 본다
길에 아무리 많은 사람이 있어도
사랑하는 자만 보인다
세계적인 미인들이 많다 해도
사랑하는 자가 아니면 쳐다도 안 본다
사랑하는 자를 보면 모든 것이 예뻐 보인다
사랑하는 자는 멀리 있어도 빛이 나기에
네가 어디에 있든지 나는 너를 찾을 수 있다

사랑하는 자는 모든 것이 예뻐 보인다
나는 너를 사랑하는 자로 본다

사진으로 담아낼 수 없는 것

그렇게 무기력할 수가 없었다
고민하고 방황하던 우리는
샤워를 하거나 혹은 머리를 감다가 아주 우연히
뜬금없이 깨닫게 되고, 인정하고 굴복하게 되기도 한다

알 수가 없는 우리네 인생
그렇다. 원래 그렇다
그래서 시가 존재하고 시인이 존재한다

깨달음은 물리적인 사진으로 남길 수 없으니
마치 찰나의 순간을 포착하는 사진작가처럼
시로 사진을 찍는 게 시인인 것이다

내 모습

내 안에는
철부지 소년도 살고
무서운 아버지도 살고
그리운 어머니도 살고
아름다운 꿈을 꾸는 소녀도 산다

지겨운 세상과 마주하면
어른인척 혀를 차곤 하고

복잡한 문제를 마주하면
겁쟁이처럼 회피하곤 하고

미래를 묻는 조용한 밤이 오면
유약한 소녀가 되곤 한다

인생은 마라톤

조금씩 천천히 가자
대단한 것이 도대체 뭐냐

소리 없이 잔잔하게 가더라도
꾸준히 끝까지 가자

차가 아무리 빨리 가려해도 겨우 10분 남짓인데
그리 속력을 다투다 사고가 난다

금메달 못 딸까봐 가다 말 것이냐
마라톤은 완주가 금메달보다 값지다

굳이 사랑하지 않아도 된다

아이야, 다름 속에 섞여 살며
날마다 낯을 가리는 네가
사회 부적응자이거나
심신미약자가 아니고
아웃사이더도 아니란다

너는 그저 너일 뿐
굳이 사랑하려 애쓰지 않아도 된단다

다른 것은 다른 데로 두고
인정하면 그것뿐
미워하지도 말고
죄책감을 가지지도 말고 그냥 두어라

그 모든 다름을 끌어안고 가기엔
우리는 한낱
인간일 뿐이란다

굳이 사랑하지 않아도 된다
아이야,

그냥 오늘보다 내일은 조금 더 사랑할 수 있다면
그것도 괜찮겠지

존재감

작디작은 모래알같이
많은 사람 중에 하나일 뿐인 네가
나에게는 작지가 않아서

웃음이 되고
근심이 되고
자랑이 된다

해 뜨면 사라질 고민과
밤마다 씨름하는 가볍디가벼운 네가
내게는 가볍지가 않아서

매일 담아내고
그려보고
재어본다

오늘도 육중하고 커다란 네가
똑똑똑
마음의 준비를 할 틈도 주지 않고 훅 들어온다

아무도 너를 우습게보지 않는다
태연한 척, 때론 못 본 척도 해보지만
열린 문 틈 사이로 들어온 햇빛이 눈부시다

개선점

점 하나를 찾기 위해
전 세계를 돌아다니는 여행자가 있었다

넓어지고 싶어서
깊어지고 싶어서
그 한 점을 찾으면 꼭 그럴 수 있을 것 같아서

누군가 삶의 의미에 대해 물어오면
평생을 안고 살아갈 수 있는 그런 점

나를 가장 두렵게 하고, 가장 부끄럽게 만드는
그런 불편한 점

그 점을 찾고 나면
비로소 나는
나를 바로 보게 되겠지

가족생각

맛있는 저녁을 먹었다
빨래도 하고 청소도 했다
노을 지는 예쁜 하늘을 보고 기뻐했다
다이어리를 쓰며 소소한 꿈들을 끄적여 보았다
매일 바빠 여유가 없었는데 꿀 같은 휴식이 좋았다
일찍 잠들 수 있어 좋다고
오늘은 이렇게 쉬는 날이라 참 다행이라고 만족했다
밤은 하루를 넘겼는데 목이 꽉 막혀 눈물이 너울 쳤다
그리워진 것이다
아무 생각 없이 잘 있었는데 무엇이 갑자기 날 건들었을까
나 혼자 잘 지내고 있었는데
그러다 문득 가족 생각이 난 것이다
무섭고 실망했고 밉고 속이 문드러져도
그런 가족이라도 그리웠던 것이다
나 혼자 잘 살 수 있다고, 그러면 되겠지 했는데
나도 영락없는 어린아이였다
조금 울고 나면 괜찮아질 것이다

모를 일이다

그 누군가가
언제 어디에서
자기를 위해 종을 울릴지 모른다

한껏 뒤처져 보이지 않던 자가
수면 아래 가라앉아 잊혔던 자가

홀로 고고히 예상치 못한
상공 어딘가에서 빛을 내고 있을지 모른다

모를 일이다

그를 무시했던 그 누군가가
언제 어디에서
땅을 치고 있을지 모를 일이다

상대성 이론

서로가 어떻게 똑같은 크기와 양으로
사랑할 수 있을까

반드시 한쪽은 좀 더 크고, 한쪽은 좀 더 작을 것이다

그럼에도 그 사랑이 유지될 수 있는 것은
서로에게 주는 크기가 서로에게는 전부이기 때문이다

나의 9가 그 사람에게는 10이 될 수 있고
그 사람의 4가 나에게는 20이 될 수 있어서

그래서 사랑은 절대 같을 수 없고
반드시 한쪽에 더 무게가 실리게 되지만

각자가 줄 수 있는 전부를 주었다면
그건 필히 같은 공간, 같은 온도의 사랑이라 말하고 싶다

꽃잎

길가에 꽃잎이 떨어져 있었다
내 마음에 돋아난 새순 같아서
한참이나 눈길이 머물렀다

땅만 내려다보며 걸어도
아무것도 얻지 못 할 때가 많다

그러다 꽃잎 조각 하나 마주하면
그렇게 간지러울 수가 없는 것이다

내겐 그저 스치는 바람일 뿐

굳이 우리가 사서 힘들 필요는 없잖아
자기 마음 살필 여유도 없는데

잘 안 맞는 사람과 굳이 잘 지내야 할 필요는 없지
그냥 안녕을 고해, 혼자 하는 이별 말이야

나는 그렇게 착하지가 못해서
아닌 사람까지 다 끌어안고 살지 않아

나는 좀 이기적인 사람이라서 말이야
내가 부족하고 못나서 그렇다 해도 어쩔 수 없어,
인정

바다

너무 아무 생각 없이 사람이라는 바다에 뛰어든 걸지도 모른다
바닥을 알 수 없어 무모할 수도 있고
생각보다 차가워 가슴이 시릴 수도 있고
예상치 못한 상어의 공격을 당할 수도 있다

그래도 괜찮다
우리는 바다를, 바다 그 자체를 좋아하니까

마음 풍선

너는 너로서 존재하고
나는 나로서 존재하는 것이

바람에 나부끼는
고무풍선 같아서

네가 필요로 하는 그때에 맞춰서
내가 적당히 품어주지를 못했겠지

마음이
늘었다 줄었다가

어쩔 때는 터질 듯이 부풀어
온 세상을 덮을 듯하고

어쩔 때는 배고픈 위장처럼 쪼그라들어
나 하나 감당키가 어려웠다

그래, 이제 이유를 알겠다
마음이 심정처럼 펌프질을 해서 그런가 보다

조금만 더 힘내자

우리 모두는
죽고 싶은데 살고
살고 싶은데 죽는다

기대가 크면 실망도 크다 하나
기대가 없으면 도전도 열정도 없다

죽을지 살지
기대를 할지 말지도
우리가 정하지 말자

십년만 더 살자 해도
십년을 다 채울 수 있을지 알 수 없는데
열심히 살지 않을 이유가 없다

내가 받은 사랑

묻지도 따지지도 않고 사랑해 주었고
묻지도 따지지도 않고 용서해 주었다

내가 받은 사랑은
무(無)조건이었다

사람들은 나를 보고 손가락질하며
너는 왜 속이 시커멓냐고
너는 왜 키가 그리 크냐고 눈을 흘겼다

그는 그 말도 안 되는 소리를 듣지 못하게
내 귀를 막고 나를 감싸고서는

"나만 바라보는 너라서, 너는 해바라기구나."

나를 미워하지도, 흠잡지도 않았다
그저 소생케 하였다

인정하기까지 걸리는 시간

나도 어릴 때는
누가 날 위해 진심의 조언을 해줘도
받아들이고 이해하고 인정하기보다는
그래도 남아있는 억울함에 이해를 바라는 자기변명과
상대를 납득시키려는 미련이 늘 잔재해 있었다

지나고 생각해 보니 나는 늘 그랬었다
그냥 "네, 알겠습니다." 하고 끝내면 성장하는데
꼭 변명 같지 않은 척하는 변명과 어리광을 부렸다
인정하기 싫어서
그래서 어린 거였다. 미련했다
바다같이 모든 물을 받아들이는 것, 그걸 몰랐다
내 20대가 그랬다

그 어린 성난 파도를 다 받아준다고
고생하고 인내하고 애정 해준
나보다 좀 더 빠른 분들에게 감사할 따름이다
협소하고 거친 나를 참고 기다리느라 많이 애쓰셨다

지금은 많이 넓어진 듯 하지만

여전히 나는 좀 약았다
나보다 느린 자들을 품어주기에는 아직 좀 짜다

어리석은 꽃은 혼자 시들어서

고통 속에서는 아파도
많은 보물들을 낳았지
깨달음, 후회, 한탄, 원망, 반성, 이해, 포용, 인내, 공감, 용서

고통 받기 싫어 이제 그 마저 피해버리니
얻는 것들이 없어져
무의 감정, 무의 생각, 무의 세계에서
조용히 살아간다

어리석은 꽃은 혼자 시들어서
나비를 그리워해 보지만
자유로운 바람은 사라진 향기를 기억할 뿐이다

시인이라는 이름

신이 한 여자를 너무 사랑해서
시인이라는 이름을 주어

죽을 때까지 시를 쓰다가
죽을 수 있는 운명이 되었다

이 땅에서는 천국에 가져갈 것이 없어서
시라는 씨앗을 심어

죽어서도 시를 쓰도록
낭만이라는 별의 수호목이 될 운명이었다

순간의 허우적

아니까 화가 나기도 하지만
아니까 버틸 수 있는 거다

내일을 고민하는 오늘은
순간의 외로움이고
순간의 절망일 뿐이다

영원의 목격자가 될 거면서
순간을 참지 못해 허우적거린다

화산의 몫

화가 나고 이해가 안 되는 것 투성이였다

내가 살아 있어서, 열심히 살고 있어서

화산이 끓는 것은 살아있기 때문이다
죽은화산은 고요하고 잠잠하며 차갑게 식어 쉬고 있다
열심히 하고자 하고, 태울 열정이 남아 있기에
잘하고 싶어서, 살려는 몸부림으로
화산이 끓어오르는데

마그마를 분출하여 사람들을 다 태워 죽이고
마을을 쓸어버릴 것인지

아니면 다스리는 법을 배워서
그 화산의 열기로 온천을 데우고
냉랭한 세상에 갇힌 사람들을
따뜻하고 포근하게 감싸 안아 줄시는

화산의 몫이었다

산화

성숙과 상실의 혼돈을
지울 수가 없었다

어느새 나는
환경에 적응해 갔고
사람들에 나를 맞춰갔고
나의 위치에서 해야 할 행동과 말과 표정들을
만들어가기 시작했다

나이가 들면서
점차 감정 기복이 줄어 차분해지고
성숙해 가는 중이구나
뿌듯하기도 했지만

푼수같이 발랄했던 나를 잊어가는 일이
동시에 서운해지기 시작했다

싫은 걸 싫다고 말할 수 없고
미치게 좋은데 미친 듯이 좋아할 수 없는

어른들의 세계는 왜 그럴까
그저 내가 즐기지 못하는 걸까

철이 든 순간부터 산화가 되기 시작하는데
그게 참 허전하다

나에게 쓰는 편지 I

작고 초라한 것들을 사랑하자

나를 비관하고 원망하다
그 좋은 세월이 아깝게 지난다

나보다 작고 가련한 것들을 사랑하자
나는 여전히 줄 수 있는 것이 많다

너는 지금도 충분히 아름다운 나이인데
무엇을 망설이고 있느냐

작은 화분 하나만 심어도 충분히 아름다운 나이인데
무엇을 그리도 재고 두려워하느냐

잘 못할까봐, 또 주저앉게 될까봐
날지 못할까 두려워서 아예 날개를 접고 살 생각이냐

세월은 네가 미숙해있던 시간도
서운함에 빠져 숨어있던 시간도
기다려주지를 않는다

사람마다 보폭이 달라서

나는 내가 몇 걸음만 뻗으면
세계에 닿아있을 줄 알았다

그런데 모두 보폭이 다르더라
부지런히 종종 걸음을 걸어도
우리 동네를 벗어나지 못했다

한 걸음이 너무 커서
빠르게 성장을 이루는 자가 있고

한 걸음이 보통만 해서
보통의 성장을 이루는 자가 있고

가도 가도 티가 안 나서
걷다가 지치는 자도 있다

가는 길도 다른데
보폭도 다 다르더라

글꽃

한줄기 행복이 될 수 있다면
길가에도 필 수 있고
창문 앞에도 필 수 있고
침대에서도 필 수 있다

글은 길에도 있고
머리맡에도 있다

방에서 끄적이던 것들이
작품이 되어 탄생하는 순간

인생에서 고독함이 이렇게 필요한 것이었구나

오만과 편견

우리는 그 사람을 다 알지 못한다
그러니 그 사람이 웃고 있어도 안심할 수 없고
화를 내고 있어도 흔들릴 필요는 없다

내가 본 것이 그 사람의 전부가 아니니
내가 보았다고 해서 자신할 수 없고
보지 않았다고 해서 의심할 필요도 없다

그런 밤에는

우리는 조용하다가도 시끌벅적했고
무난하다가도 특별했다
낮이었다가 밤이었고
무엇을 해야 할지 몰랐다가도
목표를 향해 가열되었다
끊임없이 뒤숭숭하기를 반복하다
맑고 화창하게 피어났고
어둠 속에 슬퍼하다 이내
승리의 미소를 만개했다
외로운 투쟁이라 생각했지만
함께여서 행복함을 배울 수 있었고
아직은 어리다고 느낀 것들이
모든 결말은 아니었다

낯설다가도 금방 익숙해졌고
멀어졌다가도 가까워질 수 있었다
밤은 나를 숨겨주었고
낮은 나를 비춰주었다
눈물 속에 감춰진 것은 희열이었고
웃음 속에 가려진 것은 미련이었다

예측해보려 애를 썼지만
늘 서툰 답만 제시했고
담담하고 싶었지만
숨기지 못한 눈빛은 티가 났다
사랑하고 싶었으나 무관심했고
잊으려 했으나 기억에 새겨졌다
할 수 있다고 말했지만
딱히 내세울 만큼 뛰어나진 못했다

무엇을 슬퍼하고 무엇을 기뻐해야 할지
잘 모르겠던 그런 밤에는
기어코 사색을 즐기는 것이다

너는 너야

모두가 해가 될 수는 없고
모두가 달이 될 수는 없고
모두가 별이 될 수는 없고

나는 나의 인생이 있고
나의 길이 있는데

내가 마음에서 자유로워지면
뭐가 되지 않아도 살 수 있어

내가 자유롭다는 말은
내가 너무 소중하고 귀하다는 걸
아는 거야

보고 싶은 사람

뻔한 이야기보다는
듣고 싶은 이야기가 되고 싶었다

숨소리마저 예쁜 그 아이를
내가 사랑했다는 사실이 너무 벅차서

한 걸음에 한 조각씩 마음을 담아
너를 보러 가고 싶었다

달 하나의 감성이 온 우주를 적시듯
멀리 있는 너에게 온 마음이 흘러넘쳤다

아는 사람보다는
보고 싶은 사람이 되고 싶었다

고흐가 좋은 이유

세상을 향한 냉소적인 눈 맞춤이 좋았고
자연을 차별하는 치밀함이 좋았고
자신의 아픔을 덤덤하게 드러내 놓을 수 있는 용기가 좋았다

눈이 나빠서

가끔은 눈이 나빠서
세상이 낭만에 젖었다

달밤에 어두운 골목길을 갈 때
남의 집 담벼락에 외로이 핀 하얀 국화 한 송이가 아름다워
낭만에 사로잡혔다

가까이 가서 보니
하수구 배관 플라스틱이
벽을 뚫고 나와 있는 것이었다

눈이 나빠서 가끔은
세상을 미화시킨 채로
실체를 못 본 척 한 채로
실망하지 않은 채로
그 길을 다 걷기로 한다

애송이 시절

끊임없이 자신을 가꾸다가도
어느 순간 자신이 없어졌다

해바라기가 저를 몰라보고
스스로를 콩나물이라 여기며
이리저리 흔들리지만

너도 나도 가끔은 그랬지만
이제 우리 그러지 말자

거대한 세상과 마주했을 때
용기를 못 낸 자신이 초라한 것일 뿐
그 외에 아름다운 것들까지
싸잡지 말자

매순간 애송이 같았지만
되돌아보면 결국엔 성장되어 있더라

훌쩍 끄적일 뿐이었지만
지나고 보면 남긴 것이 많더라

멋있게 사는 거야

우리는 매일 축복된 시간을 살고 있는 거야
선물이야 이 시간들은

우리는 종종 현실과 과거를 비교하며
"그때가 좋았지." 하고 말하지만
시간이 흘러 또 과거를 회상하다
그래도 지금이 좋았었다고 말하겠지

나중에 또 뒤돌아보면
그때가 가장 좋았다 하겠지
그런데 그 말을 할 때가
네 인생 중에 최고의 날들을 보내는 시간일 거야

그러니 우리 매일을 멋있게 사는 방법을 찾아나가자

그저 수고했다

달도 보고
야경도 보면서
조금 슬퍼졌다

우리가 그토록 힘들어했던 시간들이
무엇을 위함이었나

가까이 다가가기엔 멈칫했고
그윽이 바라보기엔 수줍었던

우리의 시간들
저 빛처럼 아련하다

그저 수고했다

감사의 계절

가을이 되어 나뭇잎만 물드는 것이 아니라
여름처럼 숨 막히고 철없이 늘어졌던 마음도
무르익고 성숙하여
막연한 가을이 되지 말자

그렇게도 쪼으고 쏘아대던 협소한 마음의 가시가
갈고 닦여서 아무리 찔러도 부들부들 푹신푹신
아기 손톱 어루만지듯 하여라

울긋불긋 산에 부는 바람이
너와 내 마음에도 불어와
따뜻하게도 부유하게도 물들었어라

쓸개부탁

간도 쓸개도
다 빼줄 듯 사랑하지만

쓸개는 남겨주세요
간만 가져가요

나도 씁쓸히
웃을 순 있게 말이요

시는 낭만

이해할 수 없는 세상에서
이해할 수 없는 사람들이
이해할 수 없는 이야기를
펼쳐놓고 덮어놓고 쑤셔대는데

시는 거짓말을 할 수 없고
험담도 할 줄을 몰라서
순수한 자들만 우러러보는 낭만인 채로
내 옆에 있다고 조용히 찔러댄다

굴복하면 편안하다

서른은 이립(而立)이라
스스로 확고히 서는 나이라는데
나에게도 그런 때가 오나보다

작년까지만 해도
나는 왜 버티는가
나는 왜 저항하고 있는가
나는 도대체 무엇에 저항하고 있는가
스스로에게 되묻곤 했다
수없이 밤을 설쳐대면서

해가 바뀌어 봄이 오더니
내게 주어진 모든 것들을 사랑하고
기뻐하고 감사하며
버리지 못한 것들에, 나 자신에, 현실에 굴복하며
저항하던 마음을 내려놓고
편안함에 이르게 되었다

오늘을, 이 순간에 최선을 다한다면
늙어서 뭐가 되어도 좋다

어떻게 되어도 괜찮다
지금 이 시대를 위해 살 수 있다면
다음 시대에 못 먹고 못 사는 사람이 되어도
괜찮다는 마음이 들었다

미래에 대한 불안함보다
지금 내가 쏟을 수 있는 열정과 젊음에
최선을 다해 굴복할 것이다

버팀목

천년 중에 거의 일 년만큼만
당신을 알고 있을 뿐인 내가

카오스 속에 자라나서
영원이라는 속사정이
눈앞에 보일 때 까지

희미하게라도 전설이 되길
흔들리지 않는 기둥이 되길

그리고 이 별을 지켜주길
얼마나 기도했을까

스스로 빛나는 별

하늘에 빛나는 별이 아니라

저 밑바닥 차가운 곳에
묻혀버린 별이 된다 해도
아무도 나 볼 수 없는 곳에 있어도

'애야, 너는 거기 있거라.' 하시면

조용히 마음의 빛만은 살아서
내 님 마음이 편하도록
내 맘도 편히 묻으리다

Me Before You

내 모순으로 가득 찼던 모든 가난함에서
그 사랑의 덮음으로 부유해 지기까지

나에게 쓰는 편지 Ⅱ

과거의 시련들이 지금의 성장된 나를 있게 했으니
그 어려움은 내가 꼭 겪어야 할 일들이었다

정신 못 차리는 스스로를 보며 좌절했으나
좌절로 끝내지 않았기에 현재를 살고 미래를 산다

골키퍼가 막는다고 위축받고 할 일을 못하면
내 승리를 그에게 뺏기게 된다

누가 나를 막아도 신경도 쓰지 말자
영향 받지 말고 끝까지 골에만 집중하자

피하고만 살 수는 없더라

너를 힘들게 하는 사람은 환경이 바뀌어도
어딜 가든 꼭 한 명씩은 있으니

너는 너를 사랑하는 법을 배워라

그런 때가 있다

진달래 꽃 꿀 따먹듯이 달달하고 싱그럽다가도
씀바귀나물 뜯어먹는 맛이 날 때도 있다
이런 나라도
스스로 인정하고 받아들이고 사랑해야 할 때가
지금이지 싶다

심연

나도 남을 다 사랑하지 못하는데
나에 대한 관대와 사랑을 요구할 자격이 되나

내가 남에게 실망했듯
나도 누군가를 실망시켰을 텐데

그냥 사랑하면 될 텐데
그게 마음대로 안 되니 숨이 가쁠 수밖에

내가 나인 것이 행복한 단계

단점과 불만만 따지면 불행해진다
내가 가진 장점들을 떠올리다
그게 결국 나라서
내가 나라서 행복한 거다

영앤 리치

가난하면 시를 쓴다
시를 쓰면 부자가 된 느낌이다
돈을 버는 것보다
빨리 그리고 더 풍족하게
마음이 채워지니까

시 하나 썼으면 잘한 거다
시는 값을 매길 수 없는
영혼의 재산일진대
너 올해 다른 건 몰라도
시 몇 편 남겼으면
큰일을 한 것이다

나는 가난해서 시를 쓴다

월급날

이해나 동조를 바라지 말고
차분히 인내함으로
내 길을 가면서
묵묵히 고통의 쓴잔도 마시고
눈물의 고구마를 먹는다

그럼에도 불구하고

우리가 뜨겁게 사랑했던 시간들

사람에 상처받고
결점에 아파하고

그럼에도 불구하고
그리워지는 시간들

작품 인생

인생길을 가다 보면
늘 좋기만 한 것이 아니다

때로는 시원하게 뚫린
대로를 달리는 것 같다가도
비바람에 겨우 몸 하나 피해 지나갈 수 있는
좁은 바윗길을 부딪치며 가더라도

그때 너는 낙심치 말고
'아, 내가 지금 작품 인생을 살고 있구나.' 생각하며
기뻐하고 감사하여라

당신을 위한 기도

나에게 은혜를 베푸는 이에게
감사의 마음을 담아

식사를 하기 전, 잠깐
당신을 위해 기도했습니다

이 자의 고운 마음에
사랑의 꽃을 심어주소서

샘

네 마음은 샘물 같아
깊이를 도무지 알 수 없는

들여다봐도 감히 가늠할 수 없는
깊은 샘물 같아서 아름다워

얼굴은 뜯어고치면 되지만
마음은 도무지 성형이 안 되네
그 누가 너의 샘 깊이 따라갈쏘냐

사랑이 얼마나 쓴 지

사랑이 꼭 아름다운 것만은 아니다
썩어가고 있는 것을 들여다보고 긁어내야 하고
그 사람을 위해 십자가를 지면서
희생도 기뻐하며 가야 하니까

말도 못 하게 미운데 용서해야 하고
꼴도 보기 싫은데 웃는 낯으로 마음을 달래줘야 한다

세상 달콤하다는 말은 다 개뿔이다

사람이 얼마나 달고도 쓴 지
사랑이 얼마나 달고도 쓴 지
뱉지도 삼키지도 못하고 깊이 머문다

그래서 울고 있는 자아를 끌어안기에도
오랜 숙련이 필요한가 보다